鬍子爺爺 的泡芙

在距離小鎮不遠的郊外，

有一個被樹木圍繞的房子，

留著白色大鬍子的老爺爺

和他養的狗住在這裡，

大家都叫他鬍子爺爺。

天_{ㄊㄧㄢ}剛_{ㄍㄤ}亮_{ㄌㄧㄤ}的_{ㄉㄜ}時_ㄕ候_{ㄏㄡ}，

爺_{ㄧㄝ}爺_{ㄧㄝ}就_{ㄐㄧㄡ}會_{ㄏㄨㄟ}到_{ㄉㄠ}家_{ㄐㄧㄚ}附_{ㄈㄨ}近_{ㄐㄧㄣ}的_{ㄉㄜ}農_{ㄋㄨㄥ}場_{ㄔㄤ}

照_{ㄓㄠ}顧_{ㄍㄨ}牛_{ㄋㄧㄡ}羊_{ㄧㄤ}和_{ㄏㄢ}小_{ㄒㄧㄠ}雞_{ㄐㄧ}們_{ㄇㄣ}。

爺_{ㄧㄝ}爺_{ㄧㄝ}會_{ㄏㄨㄟ}幫_{ㄅㄤ}動_{ㄉㄨㄥ}物_ㄨ們_{ㄇㄣ}擠_{ㄐㄧ}奶_{ㄋㄞ}，

並_{ㄅㄧㄥ}收_{ㄕㄡ}集_{ㄐㄧ}剛_{ㄍㄤ}生_{ㄕㄥ}下_{ㄒㄧㄚ}來_{ㄌㄞ}的_{ㄉㄜ}雞_{ㄐㄧ}蛋_{ㄉㄢ}。

每天早上，
爺爺會在家裡，
用收集來的材料
準備自己
和狗狗的早餐。

吃完早餐後，
爺爺就會用自己做的
奶油和麵粉，
在柴火烤箱中
烤出好吃的泡芙。

在等泡芙烤好的時候，

爺爺會研究新菜單。

爺爺隨時都在研究各種口味的泡芙，

總共有888個口味，

全都記在黃色筆記本上。

爺爺很寶貝這本筆記本，

很怕會不小心弄不見，

不過…

有幾頁竟然被山羊

吃掉了！

在做卡士達內餡的時候，一直無法做出好吃的香草口味，讓爺爺很煩惱。

有ㄧㄡˇ一ㄧ天ㄊㄢ，
爺ㄧㄝˊ爺ㄧㄝˊ收ㄕㄡ到ㄉㄠˋ了ㄌㄜ在ㄗㄞˋ馬ㄇㄚˇ達ㄉㄚˊ加ㄐㄧㄚ斯ㄙ加ㄐㄧㄚ
認ㄖㄣˋ識ㄕˋ的ㄉㄜ朋ㄆㄥˊ友ㄧㄡˇ寄ㄐㄧˋ來ㄌㄞˊ的ㄉㄜ信ㄒㄧㄣ，
信ㄒㄧㄣ裡ㄌㄧˇ附ㄈㄨˋ上ㄕㄤˋ了ㄌㄜ濃ㄋㄨㄥˊ郁ㄩˋ的ㄉㄜ香ㄒㄧㄤ草ㄘㄠˇ籽ㄗˇ。

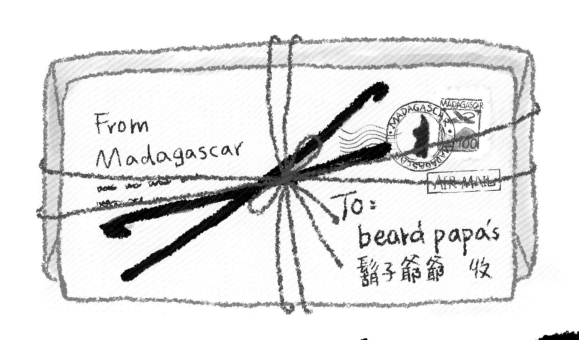

爺爺想到了一個好辦法！
把新鮮牛奶和雞蛋，還有來自
馬達加斯加的香草籽
特製成卡士達內餡。
原來好吃的秘密，
是把卡士達內餡和鮮奶油
攪拌成大理石花紋形狀，
就可以做出入口即化、
讓人百吃不厭的清爽口感！

終於完成好吃內餡的爺爺，
迫不及待地將內餡
擠入剛烤好的泡芙裡面。
一口咬下，泡芙皮的屑屑
竟然都黏在爺爺最喜歡的
大鬍子上了！

正想再吃一個
的時候，發現
剛烤好的泡芙
都變得軟趴趴地
躺在桌上了！

爺爺下定決心開發新的麵團。

在失敗了88次之後，

終於研發出世界上

獨一無二、又鬆又脆，

而且不容易掉屑屑的

特製脆皮！

完ㄨㄢˊ

—成テ/ヘ!!

好ㄏㄠˇ吃ㄔ的ㄉㄜ泡ㄆㄠˋ芙ㄈㄨˊ做ㄗㄨㄛˋ好ㄏㄠˇ之ㄓ後ㄏㄡˋ，爺ㄧㄝˊ爺ㄧㄝˊ將ㄐㄧㄤ
烤ㄎㄠˇ好ㄏㄠˇ的ㄉㄜ泡ㄆㄠˋ芙ㄈㄨˊ裝ㄓㄨㄤ進ㄐㄧㄣˋ泡ㄆㄠˋ芙ㄈㄨˊ形ㄒㄧㄥˊ狀ㄓㄨㄤˋ的ㄉㄜ
車ㄔㄜ子ㄗ裡ㄌㄧˇ，前ㄑㄧㄢˊ往ㄨㄤˇ城ㄔㄥˊ市ㄕˋ廣ㄍㄨㄤˇ場ㄔㄤˊ。

爺爺的香草泡芙
一開賣，泡芙的香味
立刻吸引了鎮上的人們，
沒有人能抗拒酥脆、
好吃的香草卡士達泡芙！
大家笑呵呵地一起
享用美味的泡芙。

國家圖書館出版品預行編目 (CIP) 資料

鬍子爺爺的泡芙 / 吳庭君故事編寫.繪.
-- 初版. -- 新北市：日樂芙台灣股份有限公司, 2024.05　面；公分
國語注音 ISBN 978-626-98472-0-4 (精裝)

863.599　　　　　　　　　　　　　　　　　　　　113003552

鬍子爺爺的泡芙

出　版　者：日樂芙台灣股份有限公司

原創故事：株式会社DAY TO LIFE

故事編修：營業企劃部 / 吳庭君

繪　　者：營業企劃部 / 吳庭君

監　　修：總經理 / 印牧 正貴

地　　址：新北市三重區光復路一段61巷26號7樓之1

電　　話：(02) 2278-2588

初版二刷：2024/5/1

beard papa's
Facebook

beard papa's
Instagram

beard papa's
Official Website